글 · 그림 | 앤서니 브라운
영국에서 태어나, 리즈 예술대학에서 미술을 공부했습니다.
1983년에 《고릴라》, 1992년에 《동물원》으로 '케이트 그린어웨이 메달'을 두 차례 받았으며,
2000년에 어린이 책 작가로서는 최고의 영예인 '한스 크리스티안 안데르센 상'을 받았습니다.
자신만의 독특한 화풍으로 진지한 주제를 재치 있고 재미있게 표현한다는 평을 받고 있습니다.
작품으로는 《헨젤과 그레텔》《미술관에 간 윌리》《터널》 등 많은 그림책이 있습니다.

옮김 최윤정
연세대학교와 파리3대학에서 불문학을 공부했습니다.
대학 강의와 글쓰기, 번역 등 활발한 활동을 하고 있으며, 프랑스 정부(1994)와
유럽 공동체(1996)로부터 번역 장학금을 받을 정도로 많은 책을 번역했습니다.
지은 책으로는 어린이 책 비평서인 《책 밖의 어른 책 속의 아이》《슬픈 거인》《그림책》 등이 있으며,
옮긴 책으로는 《내가 대장 하던 날》《칠판 앞에 나가기 싫어》《놀기 과외》 등이 있습니다.

우리 아빠가 최고야

초판 1쇄 펴낸날 2001년 8월 5일 | **3판 펴낸날** 2013년 11월 15일
3판 9쇄 펴낸날 2015년 10월 19일
글 · 그림 앤서니 브라운 | **옮김** 최윤정
펴낸이 김병오
펴낸곳 (주)킨더랜드 등록 제 2013-000073
주소 경기도 고양시 일산서구 호수로 838번 길 40
전화 031-919-2734 | **팩스** 031-919-2735
ISBN 978-89-5618-129-5 74800

MY DAD
Text and Illustrations Copyright © A.E.T. Browne and Partners 2000
This edition is published by arrangement with Transworld Publishers,
a division of The Random House Group Ltd. All rights reserved.

Korean translation copyright © 2001 by Kinderland Publishing Co.
Korean translation rights published by arrangement with Transworld Publishers
through Eric Yang Agency, Seoul.

우리 아빠가 최고야

앤서니 브라운 글 · 그림 | **최윤정** 옮김

우리 아빠는 최고야.

우리 아빠는 무서워하는 게 하나도 없다.

커다랗고 험상궂은 늑대도 안 무서워한다.

우리 아빠는 달을 훌쩍 뛰어넘을 수도 있고,

빨랫줄 위로 걸어 다닐 수도 있다. 물론 떨어지지 않고.

우리 아빠는 거인들이랑 레슬링도 할 수 있고,

운동회날 다른 아빠들이랑
달리기 시합을 해도 문제없이 이긴다.
우리 아빠는 최고야.

우리 아빠는 말만큼이나 많이 먹고,

물고기만큼이나 헤엄을 잘 친다.

고릴라만큼이나 힘이 세고,

하마만큼이나 늘 기분이 좋다.

우리 아빠는 최고야.

우리 아빠는 집채만큼이나 몸집이 크면서도,

곰 인형만큼이나 부드럽다.

우리 아빠는 부엉이처럼 똑똑하기도 하고,

빗자루처럼   바보 같기도 하다.

우리 아빠는 최고야.

춤도 멋지게 추고,

노래도 굉장히 잘 부른다.

축구는 또 얼마나 잘 하는데!

그리고 나를 얼마나 웃겨 주는지 모른다.

나는 우리 아빠가 정말 좋다.
왜 그런지 알아?

아빠가 나를 사랑하니까.
지금도 그리고 앞으로도…….